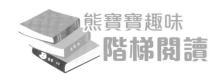

熊寶寶趣味
階梯閱讀

4至5歲

熊寶寶怕黑

新雅文化事業有限公司
www.sunya.com.hk

熊寶寶趣味階梯閱讀（4 至 5 歲）

熊寶寶怕黑

作　　者：譚麗霞
繪　　圖：野人
責任編輯：黃花窗
美術設計：陳雅琳
出　　版：新雅文化事業有限公司
　　　　　香港英皇道 499 號北角工業大廈 18 樓
　　　　　電話：（852）2138 7998
　　　　　傳真：（852）2597 4003
　　　　　網址：http://www.sunya.com.hk
　　　　　電郵：marketing@sunya.com.hk
發　　行：香港聯合書刊物流有限公司
　　　　　香港新界大埔汀麗路 36 號中華商務印刷大廈 3 字樓
　　　　　電話：（852）2150 2100
　　　　　傳真：（852）2407 3062
　　　　　電郵：info@suplogistics.com.hk
印　　刷：中華商務彩色印刷有限公司
　　　　　香港新界大埔汀麗路 36 號
版　　次：二〇一七年七月初版

ISBN: 978-962-08-6835-1
© 2017 Sun Ya Publications (HK) Ltd.
18/F, North Point Industrial Building, 499 King's Road, Hong Kong
Published and printed in Hong Kong

導讀

　　《熊寶寶趣味階梯閱讀》系列的設計是用簡短生動的故事，幫助孩子識字及擴充詞彙量，並從中學習簡單的語法及日常生活常識。這輯的故事是專為四至五歲的孩子而編寫的，這個階段的孩子已認識了一些基本的中文字，他們可以在父母的陪伴引導之下，去讀一些文字較多的圖畫書，進一步增加詞彙量。這輯圖書除了能讓孩子學會更多的常用字詞與基本句式之外，還讓孩子初步學會一些簡單文法及科普知識。

語言學習重點

　　父母與孩子共讀《熊寶寶怕黑》時，可以引導孩子多學多講，例如：

❶ **學習形容詞**：例如：呼呼的、咚咚的、温暖的、美麗的，以及形容詞和名詞的搭配。

❷ **學習象聲詞**：例如：呼、咚、吱呀，並創作一些象聲詞。

親子閱讀話題

　　了解孩子的情緒變化，給予他們適當的支持和鼓勵，是為人父母的一項重要責任。故此有時要問問孩子：「你有沒有覺得擔心、害怕？你擔心、害怕的事情是不是真的會發生？怎麼做才能令你減輕這種感覺？」家長要令孩子們明白，擔心與害怕是每個人都會有的情緒，而且這並不是壞事，它會令我們變得謹慎，避免我們受到傷害。另一方面，家長也應跟孩子分析一下，什麼是過分的擔憂，如果擔憂的話，可以找誰傾訴，怎樣去解決這個問題。孩子有開朗樂觀的心理質素，比什麼都重要。

譚麗霞

xióng bǎo bao pà hēi
熊 寶 寶 怕 黑，
tǎng zài chuáng shàng shuì bu zháo
躺 在 牀 上 睡 不 着。

tā tīng dào hū hū de shēng yīn xīn xiǎng
他聽到呼呼的聲音，心想：
zhè shì bu shì guài shòu de hū xī shēng bú shì
「這是不是怪獸的呼吸聲？不是，
bú shì zhè yí dìng shì fēng zài chuī
不是！這一定是風在吹！」

5

他看見窗外有一點一點的亮光，
心想：「這是不是怪獸的眼睛？不是，
不是！這一定是螢火蟲在飛！」

他聽到咚咚的腳步聲，嚇得用被子蒙住頭！怪獸來了！怪獸來了！

7

門吱呀一聲被打開了，
咚咚的腳步聲越來越近，一
隻溫暖的手輕輕掀開熊寶寶
的被子。

mén zhī yā yì shēng bèi dǎ kāi le
門吱呀一聲被打開了，
dōng dōng de jiǎo bù shēng yuè lái yuè jìn yì
咚咚的腳步聲越來越近，一
zhī wēn nuǎn de shǒu qīng qīng xiān kāi xióng bǎo bao
隻溫暖的手輕輕掀開熊寶寶
de bèi zi
的被子。

熊媽媽溫柔地說：「熊寶寶，
睡覺時被子不要蒙着頭。」

熊寶寶睜開眼睛，説：
「媽媽，抱抱我！」

<ruby>熊<rt>xióng</rt></ruby> <ruby>媽<rt>mā</rt></ruby> <ruby>媽<rt>ma</rt></ruby> <ruby>抱<rt>bào</rt></ruby> <ruby>抱<rt>bao</rt></ruby> <ruby>熊<rt>xióng</rt></ruby> <ruby>寶<rt>bǎo</rt></ruby> <ruby>寶<rt>bao</rt></ruby> ，<ruby>說<rt>shuō</rt></ruby> ：

「<ruby>寶<rt>bǎo</rt></ruby> <ruby>寶<rt>bao</rt></ruby> <ruby>睡<rt>shuì</rt></ruby> <ruby>覺<rt>jiào</rt></ruby> <ruby>吧<rt>ba</rt></ruby> ！」

xióng bǎo bao shuì zháo le   zài tián mèng zhōng
熊寶寶睡着了，在甜夢中

jiàn dào měi lì de huā xiān zǐ
見到美麗的花仙子。

Bobo Bear is Afraid of the Dark

P.4 Bobo Bear is afraid of the dark. He lies in bed, but he can't fall asleep.

P.5 He hears a whooshing sound, and thinks to himself, "Is that a monster breathing? No, no, it can't be! It must be the wind."

P.6 Outside the window, he sees little specks of light. "Are those the eyes of monsters?" he thinks to himself. "No, no - those must be fireflies!"

P.7 Hearing the thumping of footsteps, he pulls the covers over his head in fright. A monster is coming! A monster is coming!

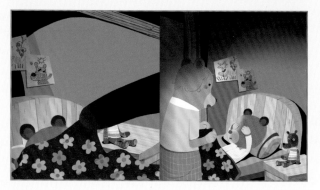

P.8 The door opens with a creak, and the thumping of the footsteps get closer and closer. A warm hand lightly lifts up Bobo Bear's covers.

P.9 "Bobo Bear," says Mama Bear tenderly, "you shouldn't keep your head under the covers at night."

P.10 "Mummy, give me a hug!" says Bobo Bear, opening his eyes.

P.11 Mama Bear gives Bobo Bear a big hug. "Sleep tight, my dear."

P.12 Bobo Bear falls asleep, and in a sweet dream, a beautiful flower fairy appears.

P.13 ---

親子共讀

1 講述故事前，爸媽先把故事看一遍。

2 講述故事時，引導孩子透過插圖、自己的相關生活經驗、故事中的重複句式等，來猜測生字的意思和讀音。

3 爸媽可於親子共讀時，運用以下的問題，幫助孩子理解故事，加深他們對新字詞的認識；並透過故事當中的意義，給予他們心靈的養料。

建議問題：

封　面：從書名《熊寶寶怕黑》，猜一猜熊寶寶為什麼怕黑，在黑暗中有什麼事情會發生呢？

P. 4-5：為什麼熊寶寶不睡覺呢？窗外傳來怎樣的聲音？

P. 6-7：熊寶寶看見窗外有什麼？房外傳來怎樣的聲音？

P. 8-9：畫面上的手是怎樣的？為什麼熊媽媽來到熊寶寶的房間呢？

P. 10-11：熊媽媽怎樣安慰熊寶寶呢？熊寶寶睡着了嗎？

P. 12-13：熊寶寶的夢境是怎樣的呢？

其　他：你怕黑嗎？為什麼會怕黑？你會怎樣做？

你會自己睡覺嗎？你睡不着的時候會做什麼？

4 與孩子共讀數次後，請孩子以手指點讀的方式，一字一音把故事讀出來。如孩子不會讀某些字詞，爸媽可給予提示，協助孩子完整地把故事讀一次。

5 待孩子有信心時，可請他自行把故事讀一次。

6 如孩子已非常熟悉故事，可把故事的角色或情節換成孩子喜愛的，並把相關的字詞寫出來，讓他們從這種改篇故事中獲得更多的閱讀樂趣，以及認識更多新字詞。

識字活動

請撕下字卡，配合以下的識字活動，讓孩子掌握生字的字形、字音和字義。

指物認名：選取適當的字卡，將字卡配對故事中的圖畫或生活中的實物，讓孩子有效地把物件及其名稱聯繫起來。

☆ 字卡例子：窗、螢火蟲、眼睛

動感識字：選取適當的字卡，為字卡設計配合的動作，與孩子從身體動作中，感知文字內涵的不同意義，例如：情感、動作。

☆ 字卡例子：溫暖的、呼呼的、掀開

字源識字：選取適當的字卡，觀察文字中的圖像元素，推測生字的意思。

☆ 字卡例子：怕黑、怪獸，用圓點標示的字同
　　　　　屬「心」部；腳步聲的「腳」字，
　　　　　屬「肉」部

☆ 進階學習：可與孩子對比上一下「肉」部和
　　　　　「月」部的字有什麼微妙的分別。

句式練習

準備一些實物或道具，與孩子以模擬遊戲的方式，練習以下的句式。

句式：角色一：這是不是 ＿＿＿＿ ？
　　　　角色二：是！/ 不是！

例子：[預備一些聲音檔案，角色二隨機播放]
　　　　角色一：這是不是下雨的聲音？
　　　　角色二：[按情況回答]

字形：像人的心臟。（象形）
字源：兩個心房畫在上面，下面是兩個心室。
　　　後來，把心尖底下拖長了尾巴，再寫
　　　上一點「心」，表示心室部分；至於
　　　心房，就演變成外邊的兩點。偏旁可
　　　寫成「忄」或「㣺」。

字源識字：心部

字形：像切開的一塊肉。（象形）
字源：切開肉塊，見到肌肉的紋理，紋理部
　　　分漸漸寫成兩個「人」字。偏旁寫成
　　　「肉」或「⺼」，紋理部分是一畫一
　　　剔，與月亮的「月」字不同。（「月」
　　　字裏是兩畫。）

字源識字：肉部

識字遊戲

　　待孩子熟習本書的生字後，可使用字卡，配合以下適當的識字遊戲，讓孩子從遊戲中溫故知新。

記憶無限：選取一些字卡，爸媽說出數張字卡上的字，請孩子按正確次序說出及排列字卡，讓孩子從遊戲中複習字音和字形，並增強記憶力。

小貼士 可由 2 張字卡開始，然後逐步增加數量。選取字卡時，可挑選有意思的組合，例如：「掀開 + 被子」、「怪獸 + 怕黑」，讓孩子從遊戲中學習有意義的詞組或句子。

找錯處：在透明膠片上臨摹字卡上的字，但刻意寫錯部分筆畫，例如：把「掀開」寫成「掀門」、「眼睛」寫成「眼晴」，然後請孩子比對字卡和透明膠片上的字，指出寫錯的地方，訓練孩子辨別字形相似的字。

小貼士 遊戲初期，可提供字卡予孩子對比；到後期可不提供，讓孩子從記憶中搜索他記得的字形。

來形容：選取形容詞的字卡，包括：「溫暖的」、「呼呼的」、「咚咚的」、「美麗的」，請孩子用這些形容詞的字卡介紹想到的事物，例如：美麗的媽媽、溫暖的毛衣，藉此學習形容詞和名詞的搭配。

小貼士 可預備白卡，寫上額外的形狀詞供遊戲之用。

躺在

呼吸

吹

飛

掀開

抱抱

怕黑

睡不着

睡着

怪獸

風

窗

亮光

眼睛

螢火蟲

聲音

腳步聲

花仙子

被子

咚咚的

美麗的

温暖的

呼呼的

一點